第一章　基础知识

1. POP广告的概念

POP广告的POP三个字母，是英文POINT OF PURCHASE的缩写，POINT是"点"的意思，PURCHASE是"购买"的意思，POINT OF PURCHASE即"购买点"。POP广告的具体含义就是在购买地点出现的广告，简称"购买点广告"，或POP广告。POP广告是在一般广告形式的基础上发展起来的一种新型的商业广告形式。具体讲，POP广告是在有利的时间和有效的位置上，宣传商品，吸引顾客、引导顾客了解商品内容或商业性事件，从而引导顾客产生参与动机及购买欲望的商业广告。

POP广告的概念有广义的和狭义的两种。广义的POP广告的概念是指凡在商业空间的周围、内部以及在商品陈列的地方所设置的广告物，都属于POP广告。如：商店的牌匾，店面的装潢和橱窗，店外悬挂的充气广告，条幅，商店内部的装饰、陈设、招贴广告、服务指示、店内发放的广告刊物、进行的广

图 01

图 02

告表演以及广播、录像、电子广告牌、广告等。狭义的POP广告概念，指购买场所和零售店内部设置的展销专柜以及在商品周围悬挂、摆放与陈设的可以促进商品销售的广告媒体。

　　POP广告起源于美国的超级市场和自助商店里的店头广告。1939年，美国POP广告协会正式成立后，POP广告获得正式的地位。上世纪30年代以后，POP广告在超级市场，连锁店等自助式商店频繁出现，于是逐渐为商界所重视。上世纪60年代以后，超级市场这种自助式销售方式由美国逐渐扩展到世界各地，POP广告也随之走向世界各地，POP广告只是一个称谓，但是就其形式来看，在我国古代，酒店外面挂的酒

图 03

图 04

图 05

吴雅慧　王梅心　李　勇 / 编

大画POP海报一本通

福建美术出版社

图书在版编目（CIP）数据

海报一本通/吴雅慧，王梅心，李勇编.—福州：福建美术出版社，

2008.2

ISBN 978-7-5393-1909-4

Ⅰ.海… Ⅱ.①吴…②王…③李… Ⅲ.广告—宣传画—设计 Ⅳ.J524.3

中国版本图书馆CIP数据核字（2008）第016528号

大画POP·海报一本通

作　　者：吴雅慧　王梅心　李　勇

责任编辑：陈　艳

装帧设计：陈　艳

e-mail：from_now@126.com

出版发行：福建美术出版社

印　　刷：福建金盾彩色印刷有限公司

开　　本：787×1092mm　1/16

印　　张：5.5

版　　次：2008年2月第1版第1次印刷

印　　数：0001-3800

书　　号：ISBN 978-7-5393-1909-4

定　　价：29.80元

吴雅慧

王梅心

李 勇

葫芦、酒旗，饭店外面挂的幌子，客栈外面悬挂的幡帜，都可谓POP广告的鼻祖。 POP广告具有新产品告知、唤起消费者购买意识、取代售货员、创造销售气氛、提升企业形象的功能，适合性比较强。

POP广告型式多样，凡在商店建筑内外，所有能帮助促销的广告物，或提供有关商品情报、服务、指示、引导等标示，都可以称为POP广告。商场外悬挂着的标语，以友好姿态向您提供商品信息，引人注目的商品橱窗、色彩鲜艳的广告塔和指示牌将引导你进入商店，商店里那纵横交错的绳子上飘动着一排排具有醒目商标、牌名和商品形象的吊旗，那货架上闪烁着柔和光芒的灯箱都能为你选择商品提供帮助（图01）。

进入卖场，展现在眼前的墙上、橱窗上张贴着的精美招贴，身边的售货员微笑热情为你介绍商品，并赠送一份宣传卡，帮助你认识商品，领略使用商品后的风采……这铺天盖地、多种多样的广告，让你置身其间，目不暇接，受到一次次视觉冲击，成为购买前最后的广告（图02—05）。

也许你是根据报纸、电视广告的信息而来，也许你毫无思想准备来逛商店，POP将帮助和促使你下决心购买商品，当买到商品后，又会得到一个购物袋，让你带出商店，作为流动广告。

作为整个宣传空间，POP是一个很大的立体设计，它应分门别类，讲究宣传的整体性，更具强大的感染力，给人留下深刻的印象。POP在商店环境中的整体布置应整齐、美观，而对某一件具体的POP设计而言，它又应是一件小的相对独立的立体或平面设计。它不仅具有形、色、构图、体积等，还可以运用其它手段，使之更优美、有趣，以引发消费者的购买欲望。

2. POP广告产生的原因

由于超级市场的出现，商品直接和顾客见面，大大减少了售货员，节约了商场空间，这不仅加速了商品流通的速度，而且缩减了商业成本，促进了商品经济的繁荣。但碰到的尖锐问题就是如何利用广告宣传，在狭窄的货架、柜台空间、在顾客浏览商品或犹豫不决的时候，恰当地说明商品内容、特征、优点、实惠性、甚至价格、产地、等级等等，吸引顾客视线，触发顾客兴趣，并担当起售货员的角色，使顾客很快地经历瞩目、明白、心动而决定购买的购物心理过程。在这种形势下，POP广告这种新的广告形式就应运而生，它在整个商品销售过程中成了一个"无声的售货员"。

图06

由于POP广告具有很高的经济价值，且其成本不高，所以，它虽起源于超级市场，但同样适合于一些非超级市场的普通商场，甚至于一些小型的商店，也就是说，POP广告对于任何经营形式的商业场所，都

图 07

具有招揽顾客、促销商品的作用，同时，对于企业又具有提高商品形象和企业知名度的作用。

正因为POP广告具有以上两方面的作用，所以POP广告的产生也必然有着两条相应的途径。这对于POP广告的设计者来说，是极其重要的。

途径之一，当POP广告仅仅是用来促进销售的时候，这一途径的广告，多数是由商品经营者，具体地说，多数时候是由商场的营业员或美工来操作完成的，所以一般都较为简单，讲究时效，从而形成了一类手绘的POP形式（图 06），如大家在商店里常看到的手绘促销招牌等。

途径之二，如果当POP广告上升到一种对产品及企业形象宣传，并由此来促进销售的时候，POP广告的设计与制作就成了一件极严肃认真的事，这一类型的广告多由企业自己完成。其具体方法可以是由企业自己的广告部及专业设计人员来设计完成，或委托专业的广告公司来代理完成。这类广告的质量一般都相当精美，对商品及企业本身也具有相当的针对性，且大批量的生产，并投入与产品销售有关的所有环节，进行大范围、大规模促销活动（图 07）。

当然，由经销商进行的POP广告，也有做得严肃而精美的，特别是一些由商店设计的长期使用的POP广告如橱窗式的POP、门招式的POP等，也是作为专业设计人员应该考虑的范围。一般对于这些要求高的广告，经销商在多数情况下均是委托广告公司设计制作的。

3. POP广告的作用

众多学者对消费者的购买行为做过许多研究，得出基本一致的结论："顾

图 08

客在销售现场的购买中，三分之二在右属非事先计划的随机购买，约三分之一为计划性购买。"而有效的POP广告，能激发顾客的随机购买（或称冲动购买），也能有效地促使计划性购买的顾客果断决策，实现即时即地的购买。不论哪种购买形态，有效的POP广告都要经过以下三个功效层次的递进，完成促销功能的实现。

图 09

（1）吸引路人或消费者

既然在实际购买中有三分之二的人是临时做出购买决策，很显然，零售店的销售与其顾客流量成正比。POP广告促销的第一步就是要引人入店。比如告知卖场内贩卖什么商品，有哪些特色产品或新品上市，又或者正在举行哪些促销活动，POP广告通过营造浓烈的购物气氛，引人进店。特别是在节日来临之际，针对性的富有创意的POP广告更能渲染特定节日的购物气氛，促进关联商品的销售。

（2）让消费者驻足商品

商品若能产生使顾客驻足详看的力量，其POP广告必须紧紧抓住顾客的兴趣点。通常我们要对对商品重要特性进行说明，向顾客提供最新的商品信息，让消费者通过广告能产生购买兴趣。

（3）达成最终购买

激发顾客最终购买是POP广告的核心功效。为此，必须抓住顾客的关心点和兴奋点。价格是顾客的一大关心点，所以我们常常把促销价格置于醒目位置，诱发顾客的兴奋点，促成购买冲动。

总之，有效的POP广告应具有这样的功效，它时刻都在向过往顾客召唤："就在这里！就是现在！快买吧！"

4．手绘POP广告简介

近年来，由于从日本引进店头展示的行销观，店家们开始重视门面的包装，出现大量以纸张绘图告知消费者信息的海报，大量印刷的或是手工绘制的POP海报开始出现，形成了一波流行的潮流，其中最令人侧目的则是手绘POP的兴起。

早期POP手绘海报十分简单，不重视美观，仅在乎告知信息，到最近演变出的一波手绘POP文化，大量的图案及素材活泼地呈现在海报纸上，色彩丰富，引人注目，手绘POP是近年新兴的一项艺术。除在商业上应用外，校园内也逐渐流行起来，社团活动、学会宣传、校际活动通知，无不利用最简单的工具来绘制出五花八门的海报。而手绘海报也由最初的"大字报"式变形为文图并茂的多元化海报（图 08、图 09）。

第二章 手绘POP工具介绍

1. 硬笔类工具

（1）马克笔

马克笔，又名麦克笔，其实是英文MARKER的音译，也就是标记、记号的意思，所以也叫记号笔。从墨水的性质上看，分为油性马克笔（ALCOHOL BASED INK）和水性马克笔（WATER BASED INK），两种笔在

图 10

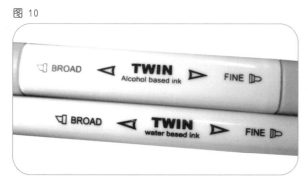

图 11

图 12

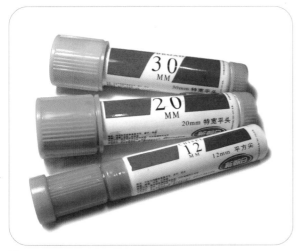

图 13

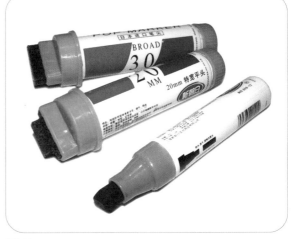

图 14

POP书写及插图绘制中都很重要，配合使用能到达很好的效果。在购买时可以多看笔杆（图10），通常上面都有相应标示，如品牌、性质、色号等。油性马克笔通常是以酒精作为溶剂，所以也有的品牌会将其标为酒精性马克笔。最直接区分油性和水性方法的方法是闻气味，油性马克笔有强烈的酒精味，较为刺鼻，而水性的则没什么特殊气味。

　　市面上销售的水性马克笔笔头一般为斜方头3mm，常常用于书写广告正文等字体较小、文字较多的部分或者用于给POP插图着色。

　　油性马克笔一般为酒精性的，大小、品牌、型号不等，形式很多，有常见的双头油性斜方头加圆头的双

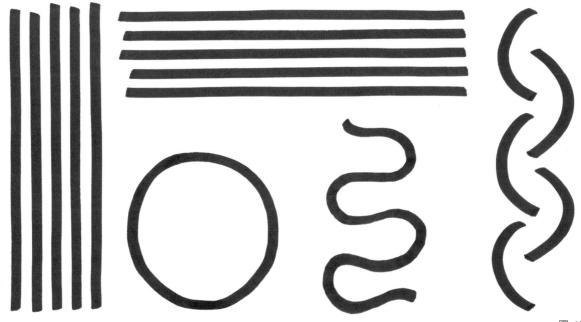

图 15

头马克笔（图 12），也有粗细圆头结合的双头勾线笔（图 11），以及我们常常用来写标题的特宽平头的单头笔（图 13、图 14）。

想要对马克笔笔性有很好的掌握，需要多加练习，多画长的横竖直线、各式曲线、圆圈等，特别要注意笔头的旋转、承接（图 15）。

（2）彩色铅笔

彩色铅笔也分油性和水性两种，水性彩色铅笔（图 16）可以溶于水，配合毛笔可以产生理想的渐变效果，而油性的却不能（图 17），它们在 POP 的绘制中经常用到。

图 17

图 16

（3）蜡笔

蜡笔也是常用的工具之一，它在纸面划过会产生特殊的肌理。

图 18

图 19

2. 软笔类工具

软笔的种类繁多，常用的有平头水粉笔，圆头水彩笔，以及各式毛笔（图19）。

平时我们可将毛笔统一插于一个笔筒内，方便使用。软笔通常配合水粉、水彩颜料或墨水使用，其最大的好处就是价格便宜，颜色丰富。另外最好准备一个较大较深的梅花碟，便于调色（图20）。

平头软笔多用于书写一些方正的字体，而圆头笔以及毛笔多用于书写一些随意性较大的字（图21）。

图 20

图 21

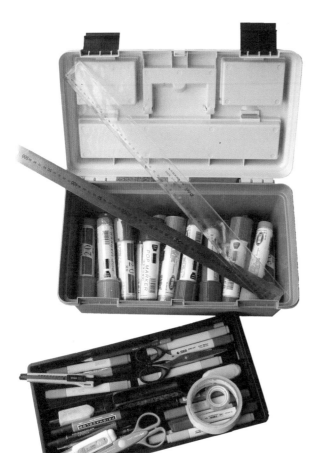

图 22

3. 辅助工具

还有许多辅助工具也是必不可少的，比如自动铅笔、橡皮、尺子、双面胶、透明胶、美工刀、剪刀、涂改液等，以及装这些工具的美工工具箱（图22—图25）。

这些东西在一般的美术用品店都能买到，但是在选择的时候还是有些小技巧的。如，橡皮要选择柔软的，最好是4B的美术专用橡皮，这样的橡皮用起来省力，而且不容易擦伤纸面；尺子最好准备普通塑料的和钢的各一把，塑料的用于画线，钢的则方便于切割时用；美工刀和剪刀在买的时候最好能试试手，要符合手型，这样长时间使用才不会很累，还有一些可以剪出花边的异型剪刀，有时也蛮好用的（图23）。 而工具箱的选择上最好是两层以上的，下层不要有分格，可以放许多大件工具，上层有合适的分格，方便整理一些小工具和小笔。

13

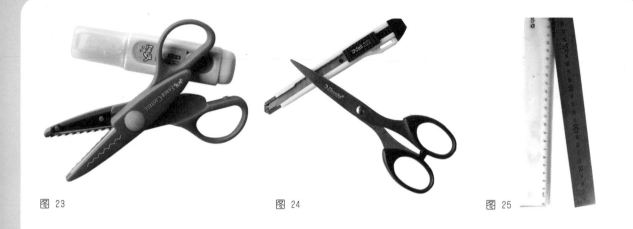

图 23　　　　　　　　　　图 24　　　　　　　　　　图 25

图 26

4. 手绘POP用纸及工作台面的布置

手绘ＰＯＰ海报一般使用铜版纸进行绘制，有时候也用制图纸或色卡配合使用。当然也有些特例会使用宣纸、羊皮纸等特种纸来制作特殊效果（图 28）。

工作台面是我们制作海报的地方，实用性和便利性是最重要的了，所以我们布置台面的时候就要从这两点出发。

首先要有一张比较大的桌子，至少能平放下对开的纸张，当然更大的话更好啦（图 26）。

其次，我们可以把常用的笔分类用笔筒插好。马克笔在笔盖上都标有颜色，这样我们找起笔来一目了然，非常方便（图 27）。

马克笔笔帽上的颜色和它画在纸上的颜色还是略有差别的，

图 27

而且就算同一支马克笔用在不同的纸上也还会小有不同，所以我们还可以自己做一个个人专用色卡，把我们所拥有的马克笔整理归类，记得要用我们最常用的纸张来制作哦，这样才能起到避免色差的作用（图 29）。

图 28

图 29

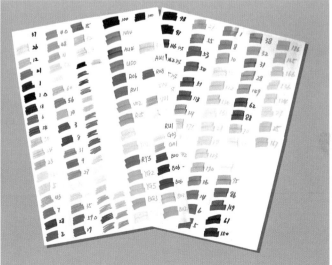

第三章　手绘POP海报要素

1. 版面编排

不管何种POP，版面编排都是设计中最重要的一环。首先决定竖式或横式；其次选择用纸，纸张的大小，是用白纸还是彩纸；然后预留天地，落笔时要注意四边留有空间，以免版面散乱，不够集中，给人以粗制滥造感；再次是勾勒草稿，安排标题、内文和插图，突出标题和一些需要强调的信息；最后选择适合的字体，大小要适中，字形活泼，色彩鲜明、醒目，插图造型有趣、切题。

版面编排的要领如下：

（1）具有强烈的视觉冲击力；

（2）具有很好的导读力是；

（3）具有很强的说服力。

图 30

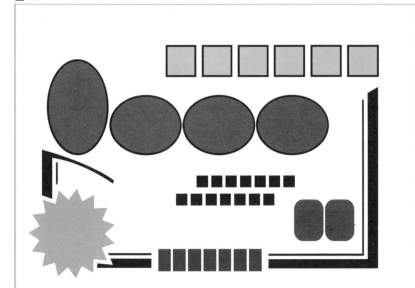

图 31

图例	说明
●	主标题
■	副标题
■	正文
■	指示文
✦	插图
●	数字

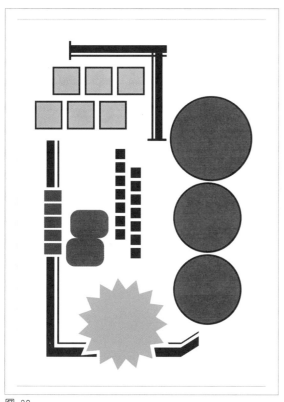

图 32

图 33

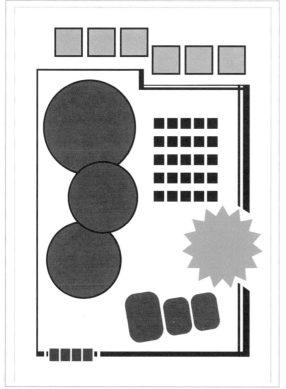

图 34

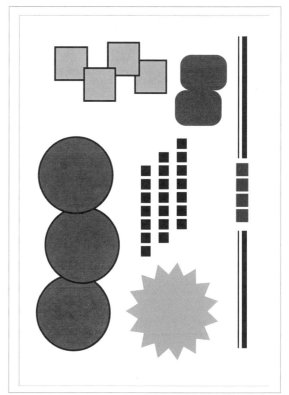

图 35

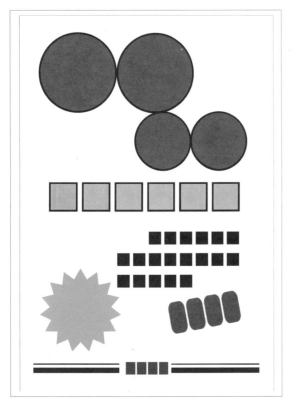

图 36

图 37

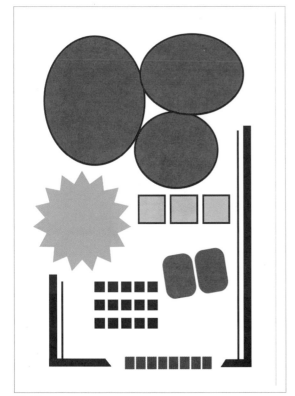

图 38

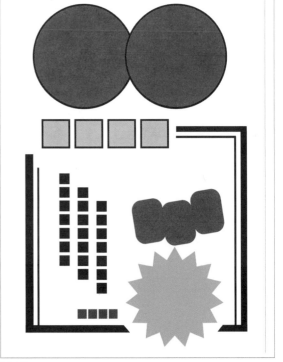

图 39

圣诞特惠 —— 主标题

全场8折 —— 副标题

米尔熊·菲力猫· —— 正文

方块猪系列
另有买赠~~ —— 插图

活动时间12.15~12.25 —— 指示文

图 40

2. 主标题

这是POP的重心，最能留住观众的目光，所以字体一定要醒目、清晰、易读，字数不要过多，以2秒钟左右读完为限。

3. 副标题

如果主标题无法充分说明内容，或为了使内容更能吸引观众，则可加副标题。副标题要清晰明确，让人们清楚地了解广告要表达的内容，还要有承上启下的作用，能吸引观众的目光由主标题——副标题——具体内容的说明文，依次愉快的读完，这样的POP才是成功的。

图 41

4. 说明文

说明文是具体说明POP广告内容、目的的文案，书写时要注意：

（1）简明扼要，语句通顺；

（2）最具魅力的信息应写在前面，诱使读者往下阅读；

（3）书写行数尽量在7行之内，每行最好不要超过15字。

5. 手绘POP字体

手绘POP海报和其他电脑制作的POP比较，最大的特点就是活泼生动、个性十足。其中手绘POP字体和一般的印刷字体最大的不同是，可由设计者根据不同的广告内容，为作者手写，巧妙构思，创作出独特的字体，丰富了文字的表现力，更是具有不可复制性和强烈的个性，不是千篇一律的电脑字体所能比拟的。由于篇幅有限，我们只能简单讲解，本系列丛书的《字体多面观》中有非常详细丰富的POP字体内容呈现，大家可继续深入学习。

图 43

图 42

手绘POP字体从使用工具看，大体分为两类：一是硬笔字体，一般为各类马克笔书写的字体（图42）；二是软笔字体，一般为各式毛笔、水粉水彩笔书写的字体（图43）。

若是从字体字型来分，则可分为正体字和变体字两大类。正体字是POP字体的基础结构，变体字则是在正体字的基础上进行笔画、结构上的变化，使得字体更加活泼生动，更具表现力。

正体字的书写要领是将原来带有弧线的笔画尽量拉直成接近成横划或竖划，并且尽量扩充撑满格子，达到饱满的效果，有如下4种原则：

（1）摆脱传统笔顺习惯，书写顺序从左至右，由上而下；

（2）笔画等长及扩充，笔画头尾齐平，扩充拉伸少留空间，遇到口即扩充；

（3）曲线笔画尽量拉直，角度大的斜线缩小其角度或将其断开错位；

（4）掌握部首分割比例，结构简单的部首所占的比例小些，反之则大些。（图44）

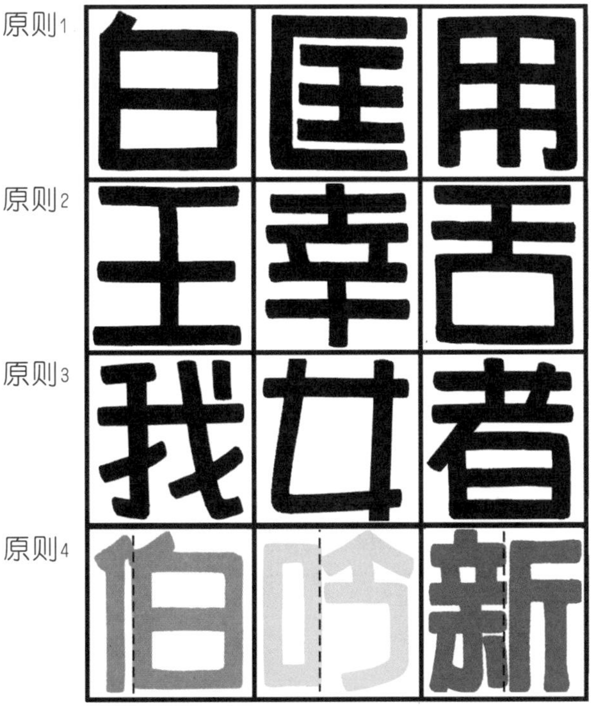

图 44

原则1 白 匡 用
原则2 王 幸 舌
原则3 我 女 者
原则4 伯 吟 新

POP变体字形式多样，丰富了POP海报的视觉效果也增强了表现力。变体字有的是在正体字的结构基础上进行笔画的变化；有的是对正体字进行一定的曲线化处理，使之更具亲和力；有的是对正体字的结构进行比较大的错位拉伸，以达到活泼新颖的效果。变体字也因其灵活多变、新颖动感的特性，成为海报标题的基础字体，再配合上一些字体装饰技巧，将获得很强的视觉冲击力。

图45种共列举了四种变体字，前三种为硬笔字体，最后一种为软笔变体字：

（1）是借鉴了宋体字的特征，将横划变细，形成横细竖粗的效果，并且将笔画变圆滑些，使字体更活泼；

（2）在字型结构上做了许多夸张的变化，形成更大的趣味性，并且在笔画的末端增加了提笔装饰，使得字体带有较强的个性化风格；

（3）以圆头马克笔为书写工具，笔画圆头圆尾，整个字体感觉清新可爱。为了避免该字体略显单调，我们在笔画的交接处进行了一定的装饰，增加了内角的弧线，使得字体更加圆润富有动感；

（4）是以毛笔为起书写工具，它充分利用了毛笔的随意性，其笔画粗细变化大，字型也活泼灵动，具有中国传统美感。

POP变体字的另一大用武之地就是在标题上，标题往往要引人注目，变体字造型多变新颖，结合丰富的字体装饰技法，就能创作出夺目的标题了。

图 45

6. 手绘POP插图

插图的种类多种多样，无论是漫画、中国画、速写、油画、水粉画，还是别的各种各样形形色色的画，只要是适合该产品的POP广告，能起到很好的广告宣传的效果的插图都是可用的。但平时较为常用的还是马克笔画的插图（图 46）和彩色铅笔绘制的插图（图 47）。

我们最为常用的是马克笔绘制的插图。水性马克笔是POP广告中必不可少的工具，但因其是水性墨水，故不防水，所

图 46

图 47

以一般要选用油性的记号笔来配合使用。绘制中主要使用油性记号笔勾边，然后用水性马克笔填色，绘制的风格以卡通漫画式的为主，也可根据需要进行变换。

其次，使用彩色铅笔绘制的插图也较为常用。现在彩色铅笔的种类非常多。普通彩色铅笔，可直接给插图上色，色彩柔和，效果细腻，由于铅笔含油性，所以不适合在太光滑的纸张上使用，一般多用于绘图纸、水彩纸、水粉纸等稍微粗糙的纸质上（图 47）。水性

彩色铅笔，上色后可以用毛笔沾水将其渲染开，比较适合用于有一定吸水性能的纸张上，比如水彩纸、水粉纸等。水性彩铅绘制的插图色彩过度自然，画面效果柔和，和水彩画很相似，别有一番滋味（图 49）。同样的题材，大家可以看看和普通彩色铅笔比较起来就大不同了（图 48）。其余还有一些诸如粉画笔、油画棒等工具，效果和使用方法都和彩铅十分类似，在此就不一一介绍了，大家可以根据自身实际情况进行选择和尝试。

还有一种较为常见的POP插图形式是直接采用合适的印刷品插图或照片剪贴而成的，一般会选用POP海报宣传的产品或服务的图片或和该产品或服务具有联系的图片以引起消费者关联想像，刺激消费欲，达到促销的效果。但在选用图片的时候一样要注意版权问题，不要随意使用未授权图片。

图 48

图 49

7. 框饰

框饰是装饰的又一手法，应用广泛，技法多样，常见的有如下几种：

(1)线条型框饰（图50、图51）；

(2)卡通漫画型框饰（图52、图53）；

(3)花边型框饰（图54、图55）；

(4)几何型框饰（图56、图57）。

图50　　　　　　图51

图52　　　　　　图53　　　　　　图54

图55　　　　　　图56　　　　　　图57

第四章　手绘POP海报制作流程示范

图 58

1. 白底POP海报设计制作详细流程

（1）排版

先确定主标题、副标题、正文内容，然后根据内容和需要选择合适大小的纸张，该例子选用了对开大小的纸张。确定了这些因素后就可以开始排版了，可以用铅笔在画面上轻轻勾画出主标题、副标题、正文以及插画的位置及结构。画好整体构图可以退远些看看大效果，如果不理想要及时修改（图 58—图60）。

图 59

图 60

（2）书写主标题及副标题

根据纸张大小来选择笔的型号，该幅面的主标题采用20mm马克笔书写，副标题采用12mm的马克笔书写（图61、图62）。

图 61

图 62

（3）书写正文及勾画插图

使用3mm水性马克笔书写正文，用12mm马克笔书写需要突出的价格部分，最后用圆头油性马克笔勾画插图和书写联系电话部分的文字（图63、图64）。

图 63

图 64

图 65

图 66

（4）擦去铅笔痕迹

待前面书写的笔迹都干透后擦去先前排版留下的铅笔痕迹（图 65）。

（5）装饰标题

对标题文字进行装饰，先勾画边框以突出文字，然后对文字笔画、背景等进行相应的处理，在大画POP系列丛书中的《字体多面观》中有更多更具体的标题装饰字体的制作方法，大家可另行参考，以便更深入的学习（图 66、图 67）。

图 67

（6）勾画海报装饰框

在合适的位置勾画些装饰框，以加强效果，使海报内容显得更整体，避免散乱，该处使用和主标题相同的20mm的浅绿色马克笔进行勾画，使得海报在色彩上形成上下呼应（图68）。

图 68

（7）插图上色及收拾全稿

　　由于我们是用油性马克笔对插图进行勾边的，所以要用水性马克笔进行填色，这样才不会因为墨水性质相同而导致互相串色了，该处使用的是3mm水性马克笔对插图进行上色。最后退远看看整体海报，进行一些最后的修饰，比如觉得主标题还不够突出，于是加粗了它的外轮廓黑边；觉得副标题也稍有欠缺，给它加上立体阴影效果；又或觉得海报的某些地方略微有些空，加上些小气泡活跃气氛（图 69）。

　　经过最后的修饰，一张白底的POP海报就彻底完工啦！大家觉得是不是并不难啊，只要经过用心的练习，相信你们都能做出漂亮的POP海报的。

图 69

二、色底POP海报设计制作详细流程

彩色底的海报比起白底海报来说制作起来相对复杂些，但是由于其大面积的底色很具视觉冲击力，效果很好，故也经常使用。

（1）排版

先确定标题和正文内容，然后根据内容和需要选择纸张的颜色和大小，该例子选用了四开大小的黄色卡纸。确定了这些因素后就可以开始排版了。可以用铅笔在画面上轻轻勾画出标题正文以及插画的位置及结构（图 70）。

图 70

（2）书写彩色文字

由于色卡本身具有底色，除黑色以外的马克笔书写在上面都会有吃色及变色现象，这样会在很大程度上影响海报的鲜丽色彩，所以在色底海报上用马克笔书写的字体除黑色外最好都要另外用白色铜版纸书写并剪贴，剪切时要在边缘留适量白边。完成后可将其放在海报的相应位置检查看看是否合适（图 71—图73）。

图 71

图 72

图 73

图 74

（3）书写黑色文字

黑色文字及装饰部分不存在吃色及变色问题，可以直接书写（图74）。

图 75

（4）粘贴文字

用双面胶或固体胶将刚刚书写的彩色文字粘贴于合适位置，切勿使用胶水粘贴，胶水会使铜版纸因吸水变得不平整（图75）。

图 76

（5）绘制插图

剪一块合适大小的铜版纸并绘制上插图（图76）。

图 77

（6）剪贴插图

将绘制好的插图留些许白边剪下并贴好。一张简单的色底海报就完成啦（图 77）！

第五章 手绘POP海报范图附录 (p33-88)

香鸡堡套餐 12.8元

麦香士

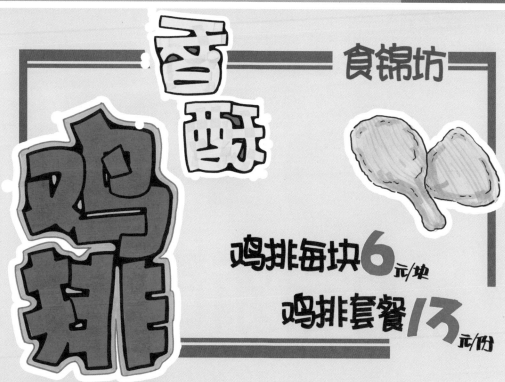

香酥鸡排

食锦坊

鸡排每块6元/块

鸡排套餐13元/份

糖糖

每公斤

350

舊雨新知欲
購從速
閃亮新登場

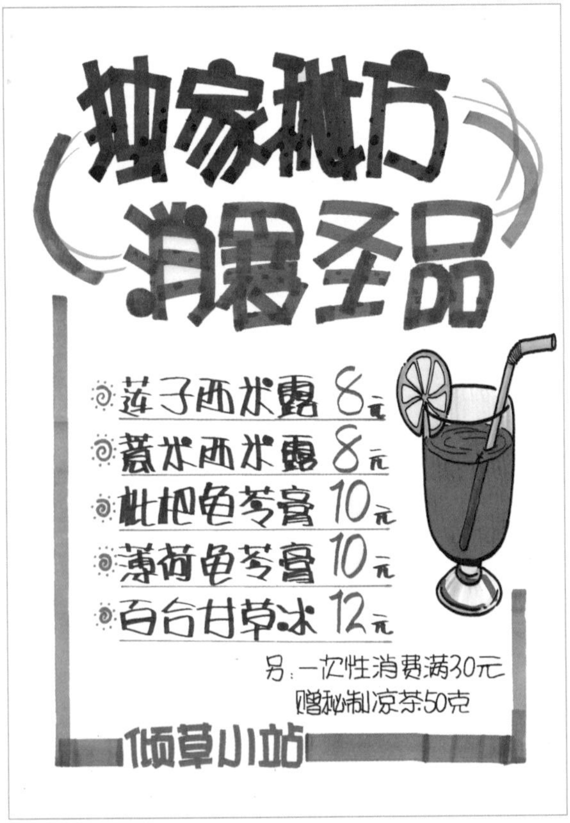

独家秘方
消暑圣品

- 莲子西米露 8元
- 薏米西米露 8元
- 枇杷龟苓膏 10元
- 薄荷龟苓膏 10元
- 百合甘草水 12元

另：一次性消费满30元
赠秘制凉茶50克

倾草小站

面吧

牛肉拉面 5元
海鲜拉面 8元
羊肉泡膜 7元
牛肉刀削面 5元

5号店

订点热线
—87314451—

- 炸薯条
- 黑椒牛堡
- 辣鸡翅
- 香酥鸡排

辣�竞中

牛奶时间到

长富牛奶系列，喝牛奶啦！

12:00
13:00
10:45
6:00
12:45

全新开幕
闪亮登场

美食世界

▶ 什锦面
▶ 牛肉面
▶ 榨菜肉丝面
▶ 大卤面

▶庆祝周年庆

葡京缤彩大方送

快乐小吃

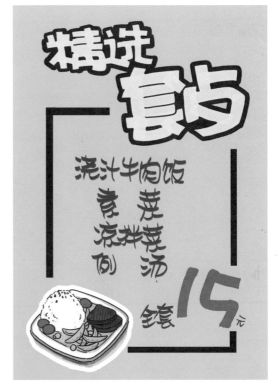

精选套占

浇汁牛肉饭
青菜
凉拌菜
例汤
仅 15 元

上品居

青菜	20
鱼丸汤	20
炒虾仁	30
排骨汤	30
香菇卤肉饭	20

欢迎品尝

清凉出击
花草茶全线优惠

莲子芯 原46元/斤, 现36元/斤
百合干 原75元/斤, 现55元/斤
玫瑰茄 原42元/斤, 现32元/斤
金银花 原38元/斤, 现28元/斤

买家抢盘大放送
招牌菜

▶ 凡消费满 2,000元即送 啤酒一打

▶ 红烧鱼
▶ 炸鱼排　糖醋鱼
▶ 龙目鱼汤　石斑鱼

快乐海鲜

生煎包

色泽金黄 口味独特

静吧

葡萄汁 西瓜汁
苹果汁 橙子汁
香梨汁 西柚汁

8元/杯

五一北路

新登场

珍珠奶茶
泡沫红茶
乌龙茶
冰红茶

5元/杯

晚9:00时
—凌晨2:00时

BEER

浪漫情调

呢喃屋

幸福时光

今日特价 「龙虾」 每斤188元

好礼相送

圣诞期间桌桌有礼，
详情见每桌桌签。

活动时间:12月10日至
12月30日

傳統小吃

快炒拼盤

小吃坊

新竹貢丸湯

大方送

炸花枝丸

淡水魚丸

珍珠丸

炸脆丸

歡樂摸彩

祝您幸運中獎

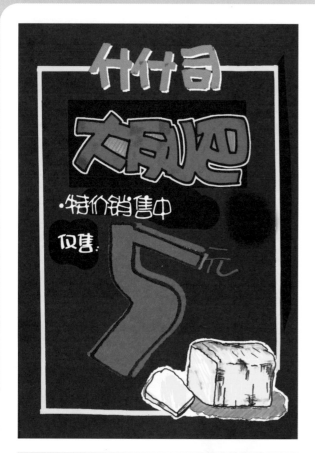

什什司
大良吧
·特价销售中
仅售：5元

BAOBHUYU
西湖醋鱼

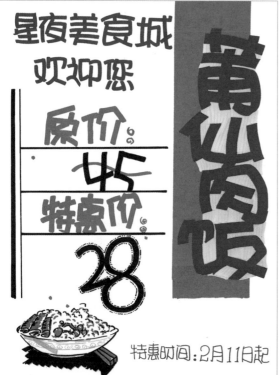

星夜美食城
欢迎您
原价：45
特惠价：28
黄焖肉饭
特惠时间：2月11日起

三周年庆
优惠中
店庆期间
雪津啤酒 2元
青岛啤酒 5元
雪花啤酒 5元

蛋糕半价

活动时间：

4月4日～10日

法国特色 石山水牛排

味道鲜美
百吃不厌

小菜切盤

油豆付	5元
萝卜	4元
五花肉	18元
大腸	15元

家常菜

新鲜好味道

四川口味
湖南口味

开业大吉

啤酒免费畅饮

香水鱼 15元/斤	香辣虾 25元/份
番茄鱼 15元/斤	石锅田鸡 25元/份

鳥語花香春裝特賣

- 淑女洋裝 NT/3450
- 休閒系列全部 NT/1280
- 紳士夾克 NT/690

凡消費 2000 元即送

把握良机

秀地精品服飾

價值 350 元 禮券

歡喜頂

49

海鲜料理

秋刀鱼 15元
比目鱼 17元
百花鱼 18元

传统风味

清香爽滑可口怡人～

牛肉面 …… 7
麻辣面 …… 6
什锦面 …… 5
阳春面 …… 5
见月面 …… 4

一久久中式内饮一

水煮活鱼 12元/份
水煮鱼片 10元/份
酸菜鱼头 8元/份
靓鱼蛋汤 7元/份

新登场

小笼包

每笼8元

小笼包隆重推出
中华名小吃
美食园

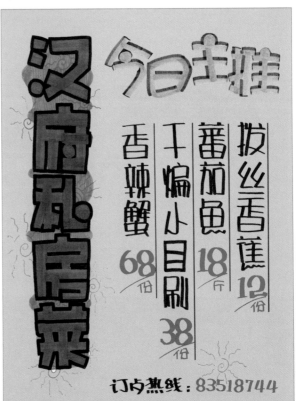

圣诞大餐

Christmas Dinner

75 元/份

仙踪林

三周年

丁骨牛排套片

印度咖喱套片

送 自助不限量沙拉

六一狂欢

新款童装 5 折

新款童鞋 7 折

宝贝计划

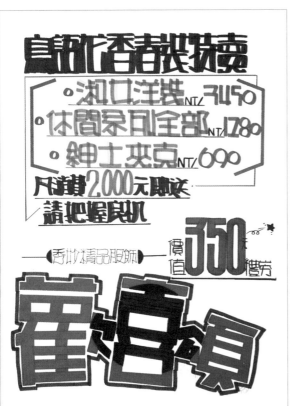

皇冠化香春裝拍賣
- 淑女洋裝 NT/ 750
- 休閒系列全部 NT/ 1780
- 紳士夾克 NT/ 690

凡滿 2,000 元贈送
請把握良机

香妝精品服飾 價值 350 禮券

崔百貨

香辣
魷魚酥

每串: 3 元

糖霜

售完新品飲

兒童 350 元

閃亮新登場

員商 2 元

冰淇淋   6 元
盒裝冰淇淋 10 元
冰淇淋饼干 5 元

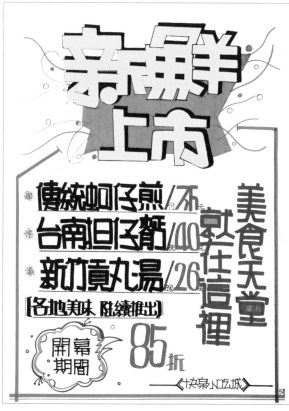

LENOVO

天琴系列

特价 **4699**

送

IG U盘
摄像头耳麦
19寸液晶屏
28G双核CPU 2G内存
180G硬盘 512m 独显

闪客数码

生活馆

购APPLE笔记本系列

即可以850元换价值1950元

IPOD nano 8G MP4

再加120元 现可得IPOD原

装随充

活动时间 7.15—8.2

另有更多优惠

欢迎入店咨询

吉码 EVD

原价: 1680

现价: **1080**

迎国庆

凡购买IBM X61全

系机型均可获赠原装

红点包、原装鼠标及

屏保贴膜

父子休闲

亲情奉送
全场
买一送一

毛宝

儿童服装

特价：17.5元

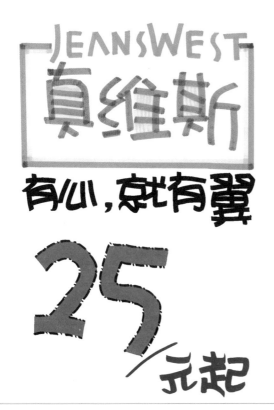

JEANSWEST
真维斯

有心，就有翼

25
元起

捷莱丝

回馈顾客

全场 服装

7折起

狂欢平安夜

12月24日

大洋购物中心与您一起彻夜疯狂！

意想不到的惊喜等着你哦～……

圣诞大礼送不停

百分百中奖
幸运等你来

天虹百货

中医推拿

正宗国粹
功效不凡
欢迎光临

40 元/节

营业时间
9:00—21:00

七彩童装

庆六一
全场童装

9 折

让您的肌肤
青春再现！

日式奶浴

开业啦

一次性消费满600元或三
个月累积消费满1500元

送 八折
VIPE

清水养身坊

新年新气象
修々車漂亮

迷你贵宾 **180** 元/次
雪纳瑞 **150** 元/次
美国可卡 **150** 元/次

来吧 母

RABBIT

¥: 1250

·人体工程学床垫　·可爱卡通造型

毛绒公仔

促销价:

大 30
中 20
小 10

购肚兜熊系列

满**280**元

送**68**元COOKIE

玩偶吊坠

買丽卡

保暖时尚 两不误

骨头枕

特价 10~15元

CARFIELD

加菲猫童装

CAT

开业酬宾

全场6折

聘

男递接员一名
服务员四名
年龄20~25岁
有经验者优先

WWW.DODOLIKE.COM.CN

多多来客

手工布包特卖

25 元起

新年特惠

- 普通顾客满300减100
- VIP顾客优惠后再9折
- 2月15日前有效
- 本店保留最终解释权

925 水晶银系列

闪亮薪品

水晶戒指 59

水晶项链 139

点晴阁

73

女神正没芒空

- 亚热带水果之后
- 泰国直航进口
- 维生素含量超高

15 元/斤

NTE

樱桃精华系列

樱桃精华液 90.

樱桃柔肤水 70.

樱桃防晒霜 80.

全套购买: ~~240~~元

仅: **200**元

【草莓味 2.00元】 【奶油味 2.00元】
【提子味 2.00元】 【椰子味 2.00元】
【香橙味 2.00元】 【西瓜味 2.00元】

maozi

猫仔

鱿鱼猫仔粥
鸡肉猫仔粥
三鲜猫仔粥
红枣猫仔粥

世界爱眼日

请注意用眼卫生……

- 请在光线充足的地方读书演算.
- 使用电脑或看电视一、二个小时之后，需适当让眼睛休息，多看远处的绿色植物.
- 不用手揉眼睛，尽量滴眼药水.

● 校医务室 宣

英语协会

绿新中……

英语是世界上流通最广の语言，如果你很想拥有一口流利の英士，那就快来报名吧.

—校英语协会—

校话剧大赛

惊喜圣诞

—作品征集中………

只要你有爆笑的话剧作品，欢迎你加入我们の话剧大赛，给同学们带来一个开心の圣诞书.

◄校话剧啦 宣►

靓车站

精细洗车月卡80元
季卡200
年卡500

周年庆

服装饰品七折
公仔毛绒六折
纯银首饰五折

招兵咯

你喜欢篮球吗？你富有激情吗？赶快行动吧！你就是明日篮坛的"麦迪"！

时间：10月10日中午12:00
地点：校篮球场.

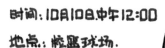

校园反毒活动~

不眼为妙

别以短暂的快乐.失去了這一生拒吸毒品.使您的未來充滿希望.

爱美笑力

新人生观

力—活泼的前進！
笑—快快乐乐的生活！
美—圆圆满满的理想！
爱—親親切切的合作！

音乐会

时间：10月7日
地点：校公演厅

现代诗社

開始·詩

「詩人節」本社举举办"詩歌活动"

欢迎有兴趣同学报名参加.約時瓜

这不是詩的黄金時代

待是写詩的時代

报名参加.至3月底止.

招聘

发型师 　2名
烫染师 　2名
美发学徒 5名

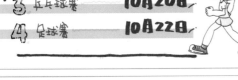

健康活动月

1. 羽毛球比赛　　10月15日
2. 篮球赛　　　　10月18日
3. 乒乓球赛　　　10月20日
4. 足球赛　　　　10月22日

美化校园

焕然一新

新的一年，新的开始，
让我们为学校打扮一下吧，
迎向新的一年…

植树术活动

绿化校园

绿色的校园，美丽的环境

需要同学们的共同努力，希望大家
都能为美丽的校园种上一草一木，
为美化校园环境尽自己的一份力。

校学生会

放飞心情

～露营活动～

■ 一成不变の学习环境
令人厌烦，改变一下，
到户外走走吧！

欢迎参加～

校园唱团

你喜欢唱歌
吗？你想在舞台上
展现自己的才华吗？
别犹豫啦！赶快
加入我们吧！

纳新中

校学生艺术团

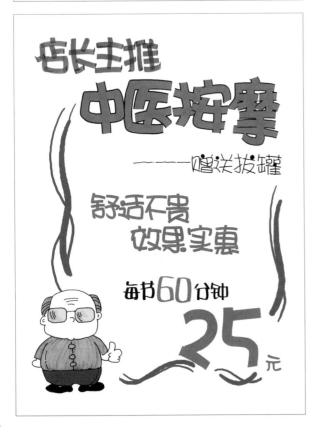

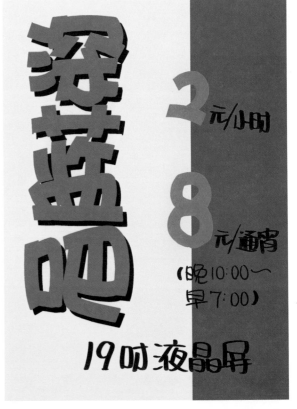

纯天然

蜂蜜

SWEET

减少皱纹
光滑皮肤
延年益寿

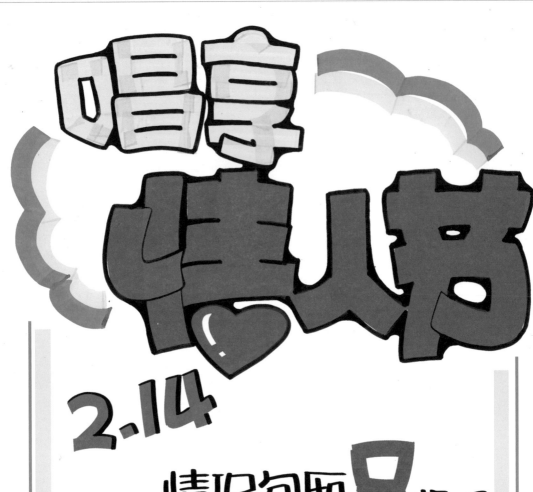